KB260280

왕인의 수염

왕인의 수염

왕인의 수염
문효치 시집

초판 인쇄 | 2010년 5월 15일
초판 발행 | 2010년 5월 20일

지은이 | 문효치
펴낸이 | 신현운
펴는곳 | **연인M&B**
디자인 | 이희정
기 획 | 여인화
등 록 | 2000년 3월 7일 제2-3037호
주 소 | 143-874 서울특별시 광진구 자양동 680-25호(2층)
전 화 | (02)455-3987 팩스 | (02)3437-5975
홈주소 | www.yeoninmb.co.kr
이메일 | yeonin7@hanmail.net

값 8,000원

ISBN 978-89-6253-053-7 03810

왕인의 수염

문효치 시집

연인M&B

| 自序 |

어떤 분은 가슴을 태워서 시를 쓴다 했고 어떤 분은 머리를 갈아서 시를 쓴다 했다. 어떤 분은 인생을 마모시켜서 시를 쓴다 했고 어떤 분은 삶을 만들어 가면서 시를 쓴다 했다. 어떤 분은 잡놈을 자처하며 시를 쓴다 했고 어떤 분은 수도하듯 시를 쓴다 했다. 어떤 분은 시를 형벌이라 했고 어떤 분은 시를 신의 말이라고 했다.

나는 아직도 시를 잘 모른다.

정말 시는 어렵다, 그런데도 싫지는 않다. 이러면서 오십 년 시에 매달려 왔다. 또다시 시집을 준비한다.

괴롭지만 또한 즐거운 것이 이 작업이다.

2010년 늦봄
저자

| 차례 |

1. 백제시

2. 남내리

3. 그곳, 그 사람

4. 손톱에 대하여

5. 끈

1. 백제시

백제시
―백제 관음상

저 관음의 속에서는
이제 녹나무 잎이 나네
녹나무 자라 숲을 이루네

우리 남해안이나 제주도쯤의 해풍에
천의天衣 자락을 날리며
숲은 엷은 미소를 보내네

앙드레 말로가 숲에 오네
서어나무 옆으로 새어드는 총성과 함성을 밀쳐내며
법륭사 절 마당에서
건져 올린 햇볕, 숲에 바르네

세월이 빚어 넣은
관음의 눈과 귀
저 키 속에 우거지는 녹나무 숲은
그 그늘 아래
맑은 별 하나 들여놓네

백제시

―아좌태자의 붓

붓끝에서 노을 풀려나온다
성덕의 수염을 그리고 흘러내려
옷자락 적신다

먼 우주의 변방에서 방황하다 화석으로 굳어진 그리움
그리움이 참다가 참다가
몸을 뒤튼다

태자의 칼이 화답하듯 신음한다
천오백 년 전 멈추어진 바람이
치마 끝에 다시 일렁인다

백제시

—止利佛師 *

법륭사 금당에 들어
부처님과 눈이 마주치는 순간
나는 그만 허공에 뜨고 말았네
체중은 모두 연기가 되어 사라지고
비어 있는 그림자가 되어

그냥 편안했네
오색의 색깔들이 그 편안함 안으로
들어와 채우고

60년 전 유년의 배추밭에서
잠자리나 나비의 날개에 내려앉던
늦가을 햇빛의 반짝임이
비어 있는 그림자 속을 밝혔네

지리불사의 부처님이
이렇게 띄워 올렸네

* 止利佛師 : 법륭사 석가삼존상을 만든 백제인.

백제시

―쿠다라카와(百濟川)*

물은 흐르는데
시간은 응고한다

견고한 시간의 몸체에
햇빛이 부딪칠 때마다
금빛 불꽃이 튄다

함성의 정령들이
치마를 날리며 내려앉는다

소금 같은 바람이
나른한 오후의 한구석을
염장한다
나라의 들판에서

* 쿠다라카와(百濟川) : 나라(奈良)지방의 쿠다라카와(백제강)를 메이지유
  신 때에 소가카와(曾我川)로 개칭했다.

백제시

―백제사* 터

바람으로 지은 집이 있다
바람으로 기둥을 세우고
바람으로 지붕도 대문도 방도 마당도 만들고

풀들이 들어와 살다가
그림자 벗어 걸어놓고 간
집이 있다

하늘에서 걸러낸
하얀 칠로
우울과 고뇌를 감춘 얼굴

부처님처럼 좌정하여
미소 짓고 있는 집이 있다

* 일본에 '백제사'라는 명칭의 절은 현재 6곳쯤 있다. 물론 과거에는 더 많
  았다.

백제시

―왕인 묘역의 풀

그 풀에
그대의 옷, 옷의 자주 물감 들여

그 풀에
그대의 옷, 옷 속의 살내음 들여
꽃 피우네

그대 언덕 위로
땀 개어 오를 때

눈길視線에 걸어 둔 엊저녁 노을
그 풀에 달아 불을 켜네

그 풀 심네
내 안에 파여
어둡고 습한 동굴 속
그 풀로 밝히네

어둠 속의 치밀한 적막을 뚫어
길을 닦네

백제시

—酒君 *

가슴속에
매 한 마리 키우네

서늘한 기류 밖
푸른 별 하나 낚꿔챌

매 한 마리
숫돌에 부리를 갈아 날을 세우고
옹이를 찍어 발톱에 힘을 기르네

날마다 하늘을 우러러보며
별 하나 표적을 찾아

눈을 닦고 있는
매 한 마리 자라고 있네

* 일본 황실에 매 사냥법을 가르쳐준 백제인.

백제시

—하까다왕(博多灣)으로

파도의 머리마다
붉은 구슬 한 점씩 이고 가네

백제의 옷감에서
풀려나오는 황혼

그 빛 속에서 뽑아올린
단단한 입김을 연마하여
반짝이는 구슬, 파도는 이고 가네

배만 가는 것은 아니네
뭍의 끝에 돌출하여
대륙의 정수 고압으로 사정하는
하까다왕으로
해신은 가 사시네

백제시

그대 숨결 한 조각
낙엽에 묻어 있네

이미 하늘에 올라
해의 옆집으로 가신 그대

오늘은 묵은 낙엽 한 장에
소식을 얹어 보내네

바람 쏟아져
들판 가득 갈앉아 있네

비어서 외려 가득한 공허로
우수수 우수憂愁도 날아와 갈앉아 있네

백제시

―奈良의 百濟野 ②

햇빛 속에 비가 내린다
아니다, 비처럼
땀이 내린다

해가 땀을 흘린다
아니, 땀처럼
햇빛이 떨어져 내린다

땀방울처럼
끈끈하고 짭조름한 햇빛

바람은 저 바닷가에서
등을 돌리고
적막 속으로
조밀한 더위만 바람처럼 온다

백제시

―구다라고도(百濟琴) *

현 위에 새 한 마리 앉아
떨고 있다

떨림 위에 황혼이 얹히고
몸부림이 올 때마다 섬광이 보였다

섬광 사이로 백제 여인의 치맛자락이
잠시 펄럭였다

울안에 서 있는 감나무에
붉은 감도 익고 있었다

장광의 장항아리
메주가 삭아 구린내를 풍기고
저녁연기도 잠시 보였다

음계의 허름한 계단으로
현해탄의 물결이 올라왔다

후딱 지나가는
섬광 사이로

* 구다라고도 : 일본에 전해진 백제의 현악기 공후(箜篌)의 일본이름.

백제시
―법륭사 석가 삼존상

부처님의 생각 속에
문득 잠자리 한 마리 날아든다

유년의 우물가 풀대 끝에 앉아
첫 가을의 햇살에 몸을 말리며
나름대로 삶을 번민하던

잠자리 한 마리 들어와
부처님의 생각에 파문을 짓는다

부처님, 한 번 일어났다가 앉는다
투웅
앉는 소리가 금당의 천장을 울린다

법고 범종 목탁 풍경 운판 목어
덩덩 트엉 딱딱 캥캥 챙챙 토드락토드락
이것들 한꺼번에 일어서서 고함고함이다

문득 잠자리 한 마리
내 생각 속에 날아든다

백제시

―누카다노 오오기미(額田王)*

지금도 달이 뜨면
그대의 배는 출항을 하지

달의 옆구리에
작은 항구가 열리고

지금도 달이 뜨면
그대는 달 위로 상륙을 하지

둥근 도르래에 감겨 있던
기억의 줄기들이 풀려서 다가오고
양 옆에 붉은 등처럼
감이 익을 때

긴 길의 끝에서는
자주색 두루마기의 남자가
오고 있지

누카다노 오오기미여
황혼의 노을이 지는
만엽집 책장 위에
생황笙篁의 음률이 넘어가지

지금도 달이 뜨면
그대는 언제나 그 속에서 웃고 있지

*누카다노 오오기미 : 백제 귀족의 딸. 만엽집에 10여 수의 시가가 실려 있다.

백제시
―아직기

아직기의 말馬은
아직도 달린다

저승에서 이승으로
이승에서 저승으로

술통을 나르며
술통에 잠겨 있는
홍건한 입담을 나르며……

빛나는 말등에
우주의 음향이 내리고

달리는 말굽에서
유성이 튄다

아직도 아직기의 말은
근초고왕 그분의
구시렁거리는 백제 사투리를
거시기 거시기 했싸면서
갈기를 날리고 있다

백제시

―쿠다라지(百濟寺)

사다리를 타고 오른다
하늘 위에 푸른 숲이 우거지고
숲 위에 강이 흐른다

저쪽 세상은 물구나무서서
거꾸로 보이는 곳

음악이 담겨 있는 그림 속에서
시골버스는 지금 막 출발하고

버스가 멈추는 곳에
탑은 하늘을 오르는 사다리가 되어
층계, 층계,
층계를 쌓아가고 있다

2. 남내리

군산 부르기
―째보 선장

28

어선의 그물에는
먼 바다에 살고 있는
물새의 손수건 한 장 끌려온다

물새는 물새 대로 슬픈 일 많아
때로는 진한 눈물도 흘리는데
그 눈물로 젖은 손수건 한 장 끌려온다

어둠은 얼룩으로 남아 있는
햇빛들을 하나씩 자빠뜨리며
배를 밀어 부두로 보내고

어둠에 섞여버린 배는
먼 바다에 살고 있는
물새의 울음소리
갑판에 출렁출렁 싣고 온다

농악 1

고무신 코끝에
한 사내의 유년이
앉아 있다

보리밭 둔덕 위 풋내 스밀 때
허기진 몸속으로
피어오르는 어지럼증

산이 내려앉고
바다가 솟구쳐
허둥대던 50년이
고무신 코끝에 모여 있다

현기증 속에서
어머니의 목숨 끝자락을 부여잡고
그래도 파랑새 날려 보내며
유년이 앉아 있다

농악 2

30

고무신 코끝에서
뻐꾸기 울음소리 흘러내린다

묵은 흑백사진의
절간 옆
긴 바지랑대처럼 걸려 있는
기억 하나
귀신 한 마리 기어오른다

무서움으로
기억의 한쪽이 서늘해지고

열두 발 상모는
세상을 휘감아 돈다

농악 3

고무신 코끝이
눈물로 반짝인다
등굣길 20리에 찍어놓은 발자국
발자국마다 살아나는
아픔도 반짝인다

논은 넓었고
벼꽃 많이 피었다

벼꽃에 서리는 석양이
하늘의 옆구리에 이고 있었다

농악 4

고무신 코끝에서
나비 한 마리 날아오른다
날개의 노랑은
어지간히 퇴색하여

석양의 기운 없는 빛깔로
말 없이 앉아 있다가

내 시선의 충격이
고무신 코끝에 닿을 때
나비 한 마리
50년의 시공을
폴랑폴랑
불러 모은다

허수아비

말을 삼킨다
말을 썰어 침묵으로 다져 넣는다

침묵의 견고한 몸에
별빛이 와 부딪고
부딪는 자리마다
생채기가 빛난다

아픔이 반짝인다
진물이 솔아 꽃핀다

온몸에 꽃을 피우고
꽃을 두르고

푸른 하늘 아래
서성인다

남내리 엽서
―들

저 쌀의 나라에
바람으로 불어 몸부비며 가고 싶네
벼 알 한 알 한 알
일일이 만나서 안아 보고 싶네

알갱이 속에 녹아들어
쌀로 굳어진
햇빛의 흰 몸을 보듬고
한마당의 춤으로 너울거리고 싶네

가득함으로 가지런하여
오히려 비어버린 세계
한두 자 낙서로
침묵의 공간 한쪽 구석
어지럽히고 싶네

바람으로 불어
조금은 흔들어 놓고 싶네

남내리 엽서

—해내뜰

푸른 논 가운데
허연 광목띠처럼
길이 지나갑니다

폭양이 따가워
가끔 목을 뒤챌 때마다
비늘 같은 먼지가 일어납니다

울먹울먹 소년의 가슴속으로
길은 무심히 들어갑니다

남내리 엽서

—공놀이

돼지 오줌보에
바람 넣어 공을 만들어서
우리는 쇠정지 잔디밭으로 올랐습니다

푸른 잔디 위에서 공은
노란 달 같았습니다

발 끝에 채여 튀어오르는
둥근 달을 보며
좋아라 좋아라
늦도록 공놀이에 골몰했습니다

탱자나무 가시에 찔려
우리의 달이 터져버리고 말았을 때
푸른 잔디밭에 널브러진
생애 최초의 절망을 보았습니다

남내리 엽서

—연당

연잎 위에서
물방울은 가장 아름다운 모습을 합니다

아기 해 같기도 하고
달 새끼 같기도 합니다

하늘에 날아다니는
현란한 빛깔들이
수런수런 모여들어
물방울 속으로 스며듭니다

연꽃 피어
그 향기 털어 내립니다

개구리가 혼신을 다해
수면을 박차고 올랐을 때
아기 해도 뜨고
새끼 달도 솟고 했습니다

남내리 엽서
―대봉산 ①

지금은 솔숲이 우거졌지만
내 유년에는 삘기밭이 많았다

삘기를 까 입에 넣으면
바람 속에 흩어져 있던 향내가
신기하게도 입안에 가득 모여들었다

삘기 몇 알 입에 넣으면
충분히 만족했고 얼마든지 행복했다

발 아래 우북하게 떨어져 내리는
햇빛들 속에서
웅태 길수가 삘기를 뽑고 있었다

남내리 엽서
—대봉산 ②

우리 집을 내려다보고 있었습니다
거기엔 증조할아버지 내외분이 계셔서
우리는 늘 거기에 기대어 있었습니다
아침마다 위엄어린 기침소리로
우리의 혼몽한 나태를 질타하시고
밤이면 그림자 길게 늘여
추위를 덮어주었습니다
지도에도 없는 이름 없는 산이지만
볼 때마다
높아지는 산이었습니다

남내리 엽서
―수원지

둔덕에서부터 소년들의 조잘거림이
꿈마다 배를 띄웠습니다

사람만큼 큰 잉어가 산다는
저 물 가운데

무서움과 호기심을 싣고
배를 띄웠습니다

수염 허연 용왕과
동화 속의 별주부
기화요초로 장식한 용궁을
물속에 그려 넣었습니다

옥산 수원지는 바다보다 넓었습니다

남내리 엽서
─옥산학교 뒷산

산이 아니라 작은 언덕이었지만
굵은 소나무가 많아
우리는 산이라고 했다

나무는 산에 사는 것이라는
막연한 관념 때문이었다

시골이라서
운동장이나 교실이나 다 그럴 테지만
뒷산에 오면 공기가 더 맑은 것 같았다

종이 울리고 점심시간이 되면
수홍이와 나는
도시락을 가지고 뒷산으로 갔다
시래기 밥에 부실한 반찬
그러나 솔잎 향기와 말아먹는 밥으로
우리는 배가 불렀다

산
산은 좋은 곳이라는
막연한 관념이 또 생겼다

스무 살이 넘어
여자가 생겼을 때도
나는 그녀를 데리고 산으로 갔다

3. 그곳, 그 사람

윤동주 생각

가을의 문 안으로
붉은 단풍이 들어올 때
윤동주 생각나네

하늘 우러러
한 점 부끄럼 없기를
기도하던

그 청년의 가슴 가운데 길을 내고
뜨거운 바람 한 줄기 뛰어 들어가네

그 바람
펄럭이던 깃발에
별이 달리고, 빛나고
빛으로 세상 밝히네

생각나네
나뭇잎새 이는 바람에도
번민하던
그 청년

목월 생각

오늘은
저 감나무에
달이 열렸다
홍시 같은……

홍시의 속살에 물든
경상도의 노을

할아버지의 사투리가
뒷짐 진 앞산에
노을과 함께 어슬렁거린다

뒤안의 대밭에도
달이 열렸다

동강東江

물 위에 열쇠 한 잎 떠간다
문을 열다가 다쳤는가
복숭아꽃 같은 선혈이 돋아 있다

잠겨 있는 것을
연다고 함은 또한
혼신의 힘을 다하는 일

닫힌 문 열다가
목숨을 다친 열쇠 한 잎
취한 잠처럼 물 위에 떠간다

가령, 전쟁에서 평화로 나가는 문
미움에서 사랑으로 나가는 문은
견고한 자물쇠를 풀어야만 될 일

저 죽음 같이 흘러가는 열쇠는
어떤 세상의 문을 열었을까

장호원 복숭아 꽃밭 같은 선혈
연기처럼 뿜어내며
열쇠 한 잎 반짝이고 있다

동강의 달빛

물속에 달빛 한 점 가라앉아 있다
어느 구렁에 박혀 있다가
흘러 내려온 달빛인가

청태 푸른 보자기에 씌워
삭아 가는 목숨 하나 붙들고

늙은 물고기처럼
힘없는 지느러미를 저어가며
안간힘으로 솟아오르려 하고 있지만

천근 무게로
내리누르는 중압
허파 속에 녹이 슬어
달빛 한 점
죽음처럼 가라앉아 있다

산호사 해변에서

아무 욕심 없이 살다가
후회도 미련도 없이 죽어가는
주검들은 저렇게 아름다운 것인가

저 바닷가 한 자락
검은 바위와
푸른 물에
순백의 물감이 되어 그림을 그리는

아무 거리낌 없이 살다가
무서움도 아쉬움도 없이 죽어가는
주검들은 저렇게 아름다운 것인가

뇌운계곡

49

새파란 잎사귀 한 잎 되어
저 출렁이는 물 위에 뜬다
불빛 같은 한 마리 나방 되어
저 침묵의 산 위에 날아오른다
먼먼 목숨의 근원
꿈꾸는 산천으로 이어가는 골짜기
이윽고 내 몸속으로
오솔길이 트이고
길 끝에 열리는 환한 고향

주산마을 사발통문

고부의 하늘을
떠받들고 있는 저 돌에는
꽃 한 송이 피어 있네

폭풍에 찢겨
허공을 날아다니던 햇빛들
스무 장의 꽃잎에 내리네

우리 투명한 영혼의 살 속
뼈가 되어 박혀 있는 저 돌에서
스무 장의 꽃잎은 둥글게 모여
한 덩이 해가 되고
화염이 되어
검불을 태우고

스무 장의 꽃잎은
이백 이천 이만
그보다 더 많은 꽃을 낳아
검불에 불질러 버리고
검불 같은 세상 시원하게
속 시원하게 말일세

추사에게

그대가 보내던 편지의 길
그 길을 되짚어 대정에 가네

질긴 고독을 접어 넣어
묶어 둔 보자기 속에서
희한하게도 소나무는 꿋꿋이 자라고
오두막에 가두어 둔
춘란 그 꽃빛도
파도를 건너 뭍으로 줄줄이 기어오르네

절해고도에 묻어둔 번민이
더운 땅속에서 황금으로 익어
제주의 오름으로 솟네

대정 가는 길
물 위에서
그대의 편지 다시 읽네

탄금대에 올라

52

우륵님,
저는 지금 탄금대에 올랐습니다
옛적 저 숲 어디 나뭇가지에 걸어놓으신
그대의 가야금소리
쪼금만 찾아 듣게 해 주세요
귀는 이십 세기의 소음에 막혀
이제는 아무 소리도 분간을 못합니다
우륵님,
옛적에 저 절벽 어디 찡겨놓으신
그대의 가야금소리
쪼금만 쪼금만 찾게 해 주세요
약으로 귀에 발라
막힌 귀를 뚫어 보려 함입니다

소쇄원 운

대나무는 잎잎마다
피리소리요

소나무는 가지마다
달빛 매달아

산보 하서 우암 송강
흉내내다가
가라 가라 가라 가라
물소리에 쫓겨나오네

명옥헌 운

54

명옥헌 방 안에
등촉이 밝은데

여기서는 벌레들도
글 읽는 소리

목백일홍 꽃물은
계곡에 내려 흐르고
눈떠 보니 사백 년을
날아온 세월

하회의 강

하회의 강은
양진당 충효당 대청마루로
북촌댁 남촌댁 처마 밑으로
초가삼간 사립문 열고 흘러든다
강은 양반탈 초랭이 부네 백정탈의
어깨에 젖어 춤춘다
강은 하회마을 사람들의
귀청을 지나 가슴속으로 속삭인다
부용대 바위 밑을 부벼 만든
낭낭한 선인들의 음성으로 강은
하회의 강은 그렇게 흐른다

흥부의 집

이 추운 계절
무정한 시대에
그대를 그리워한다
아무리 어려워도

그대가 지켜낸
따뜻한 사람의 집

따뜻한 오막살이 집은
끝내 고대광실이 되었음을
온몸으로 온 생애로 보여준 그대

큰 집 높은 빌딩은 많아도
따뜻한 집이 없는 거리에서
그대의 오막살이
그 붉은 불빛을 그리워한다

4. 손톱에 대하여

손톱에 대하여 1

58

세월이 갈수록
작은 손톱에 눈길이 간다

미당未堂은 가끔
그 위에 달을 띄워 올리기도 했지만

오늘은 복사꽃 그늘에
보릿대 푸르게 숫고

네 편지의 문장들
바람에 실려 오고 있다

습한 나라의 묵은 소식들
날아와 그리는 지도 위에
작은 세상 하나 열리고 있다

손톱에 대하여 2

때로는 해가 뜨겁다

보릿대 노랗게 익어
고흐, 그 밭길에서 나팔 분다

피, 더워져
고함 고함 지르다가
나팔도 녹아내리고

다시 반달만한
그리움이 떠오른다

별똥별 떨어지는
언덕에서
내 유년이 걸어 내려오고 있다

손톱에 대하여 3

바람이 잠시 석양 뒤에 서 있다
공원의 감나무 아래서
떨어진 감잎이 부서지고 있다

도시의 골목골목
건물의 유리창마다 붙여놓은
청년 시절의 꽃잎들
어즈버, 낙화하고 있다

수직으로 떨어지는
빗방울도 함께 있다

손톱에 대하여 4

매창梅窓의 이화우梨花雨가 얼고 있다

단단한 빛 안으로 다져
무게를 얹은 보석으로 솔아간다

거대도시의 하늘을 배회하다가
그 울음 묻은 날개를 접으며
추운 비둘기 한 마리
보석으로 들어온다

띠잉
매창의 거문고 현이
퇴적堆積한 세월을 흔들고 있다

연기에 대하여 1

이름부터 없앱니다
그리고는 눈도 귀도 뭉개버립니다
빛과 소리마저도
들이지 않습니다
시간의 등에서 내립니다
여기에 있다는 사실을 잊어버립니다

연기에 대하여 2

옷을 벗고
몸을 씻습니다
한 줌의 무게라도
더 덜어내기 위해
보이지 않는
목숨마저 잘라냅니다

빛깔을 지웁니다
비울 것 모두 비우고
허공으로 채웁니다

연기에 대하여 3

그냥 갑니다
자취를 감추기 위한 곳
저 갈잎 더미 아래
푸석한 햇빛 모여 사는 곳

또는 바다의 끝
벼랑 밑으로
그냥 빠져버립니다

허공을 가르는 바람소리마저
거추장스럽습니다
떨어져 내리면서
몸을 부숴버립니다

아픔 10

그 꽃물
눈으로 들어올 때
육신 속으로 후루루 따라오는 음성

붉은 물 진한 설움의
뒤안 모퉁이
하릴없이 서 있는 대나무
긴 그림자 옆으로

참말, 지울 수 없는
아픔 하나 키우고 있네
살아 살아가다가
언덕에 걸려 넘어질 때
코에 묻어오는 흙 냄새

꽃물에 젖어
하늘가에 노을로 번지네

아픔 11

대나무 그 푸르름의 마디에
걸려 넘어지는 세월

부서지면서
난반사로 눈을 찌르는
잔해

서랍 속에서
잠자고 있던 시계가
소스라치며 일어나

그래
기억 속 먼먼
하늘의 어느 변두리로
날아가고 있다

지워지고 있네

산길이 지워지고 있네
내 머릿속 어두운 기억 하나 허물어버리고
손발 닳게 지어놓은 산길이
갈잎 더미에 덮이고 있네

퇴색한 갈색으로
내 키보다 그림자는 크게 자라
저 멀리 달아나고 있는데
걸음은 짧아 세월을 잡지 못하네

산이 지워지고 있네
드리워 놓은 계곡물 소리 지워지고 있네

용기가 없다

그래서 그를 잡지 못한다
팔랑팔랑 나비 한 마리

가까이 가면 손이 떨리고
이내 심장도 요동친다

저 꽃의 흰 등에 앉았는데
그 무늬, 색깔에 눈이 멀 지경인데

주변을 맴돌다가
겨우 그림자 옆으로 다가가 본다

작열하는 햇빛에
그림자 검은색 더욱 진해지고
꼴까닥, 그림자 속에 묻혀
꼴불견 그리움 하나 사라져 버리고 만다

용기가 없어서

그래서 돌은 집어 들었지만 던지지 못한다
앞에 버티고 있는 과녁

과녁의 몸체가 물에 불어
바람 든 풍선처럼 얇아졌지만

손을 치켜들면 앞이 캄캄하고
애먼 나비 한 마리 날아들어
현기증나는 이명이 된다

허공에 떠 있는 발걸음이 허우적거리고
날카로운 돌은 발등에 떨어지고 만다
머리통 속을 휘젓고 날아다니는
이명과 함께
다시 돌은 집어 들었지만…….

소금

가슴 한복판을
어지럽히던
꿈을 털어 날려 보낸다

그래,
저 먼 바다의 끝
어쩌면 하늘의 끝

머릿속에서 와글대던
덜 익은 이념이나
개똥철학도
모두 꺼내어 던져버린다

텅 빈 육신에
순수로 채워
다지고 다진 진공

나갈 수 있는 것
보낼 수 있는 것 다 보내고

뿔난 오기 같은
적막이 불을 켜는
생애의 짧은 한 토막

허무를 채우고 있는
그 흰 불빛은
치밀한 눈물로 굳어
그래, 짜다, 쓰다

서늘함 1

다섯 살
첫 꿈의 그 물속에서
그녀가 빚어놓은 달빛

걸어오고 있네
와서 한 채의 정자亭子가 되어
길 건너 언덕에 서네

멧풀향 가득
지붕 밑에 서리고

그렇게 침묵으로
그 마루에 들어
60년을 보내고 있네

서늘함 2

반짝이는 비늘 속에
투명한 바퀴 하나
돌아가고 있네

말이 다치고
그 자리에 구름 같은 저속低速의
사랑이 열리네

60년 걸리는 계절
그 환절기에
추위가 지나가네

서늘함 3

74

젊은 날의 진땀이
서리가 되네

한기寒氣의 뒤안으로
기어다니는 그대의 숨결

대밭, 칙칙함 속으로
스며들다가
잠시 뒤돌아보는 눈이
얼음이 되네

허공, 부유하는 유년의 꿈
속에 들어가
60년 잊히지 않는 기억이 되네

길에 대한 명상
―무덤

길은 무덤 한 덩이를 옮겨놓기 위해
산 속을 비집고 들어갔다
등 위에 불을 켜고
어두운 산의 살 속을 밝혀가며
죽음 속에서 눈을 뜨는
새로운 생명의 안광을
점화하기 위해
몸을 뒤틀며 가고 있었다

길에 대한 명상
—이슬

이슬 속에는
아주아주 많은 풍경들이 들어 있다

전쟁 후 어느 아침
먼 길을 가기 위해 할머니에게 손목 잡혀 걷던
길섶에서
이슬은 영글어 가고 있었는데
나는 한순간
그 이슬 속에 햇빛들이 뛰어들어
오붓한 마을을 이루고 있는 풍경을 보았다

집이나 미루나무 같은 것들의 그늘에서
전설 속의 사람이 담배를 피우며
하늘을 응시하는 풍경을 보았다

또는 절벽 아래로 한없이 떨어지며
키가 쑥쑥 자라는 동네 끝 집의
수복이 녀석 아우성치는 풍경을 보았다

미풍에 반짝일 때마다
신비한 보석 같은 영롱함에 끌려
이슬을 보면서 뜻밖의 풍경들을 만날 수 있었다

길에 대한 명상
―여름

자귀꽃 속에 넣어 두었던
별빛 한 봉지 털어 내린다

소년 시절
그림엽서에 웃음처럼 그려 넣어 두었던
그 별빛
자귀꽃 속에서 익어
삶의 곱이곱이를 넘어
어느 날 문득
노년의 둥근 문이 보일 때

자귀꽃 속에서 익다가
저절로 터지는
그 별빛 한 봉지

이제는 바람의 몸에서 이는 경련처럼
아련한 아픔으로
터져 내린다

그늘

사랑을 앓다가 혼절하여 넘어진다
저 무당벌레의 껍데기, 금테비단벌레의 딱지날개
위에서 미끄러지다가

습습한 풀 냄새에
정신 차리고 일어서서
아득하게 멀어져간
내 뒷모습을 본다

하찮은 미물로
풀숲에 숨어서 살아가기
슬픔으로 착색한 진흙 속에
숨겨둔 달빛 한 올 꺼내어
어둠의 발끝을 밝혀 본다

후투티 날아간

후투티 날아간
자리에 그림을 그린다

박달나무 우두커니 서서
길 하나 잘라
허리에 감고

대나무 등 굽어
산 한 채 업는다

저 속에 걷고 있는
명상의 소

긴 울음, 큰 눈에
하늘을 들인다

그림 위에
그림 한 장 날아간다

5. 끈

끈

구름의 모양이
바뀔 때마다
산은 몸을 틀었다

산사나무 층층나무 아그배나무 등속
뿌리를 내린 것들도
함께 몸을 흔들었다

나무에 붙은
자벌레 송충이 비단거미들도
모두 놀라 일어나 어정거리고 있었다
생명은 구름과 산과 나무와 벌레들에게
모두 한 줄로 연결되어

그 끈을 쥔 자의 손놀림에
매달린 구슬이 되어
짜르르 짜르르 울고 있었다

계곡의 물이나 돌멩이들도
함께 매달려 울고 웃었다

무궁화

꽃 속으로 길이 있다

아침 이슬에 옷을 적시며
옛 마을로 걸어가는
꽃 속에서 순이가 돌아본다

색동의 소매가
가난에 빛바래고
억센 삶의 두어 모퉁이에서
조금은 쉰 목소리지마는

하마터면 잊어버릴 뻔한
엷은 웃음이 잔잔하게 그려져 있는
해맑은 얼굴이 나를 본다

긴알락꽃하늘소
딱지날개의 황색에 부딪쳐 빛나는
추억 하나
그 길에 있다

숲

섬의 끝 벼랑에서
발돋움으로 서다가
저깨비나무가 되었다

이름 붙지 않은 몸살로
남해 한 자락을 물들이다가
저깨비나무 밑에 서성이는
그늘이 되었다

붉게 타기 시작하는 하늘의 발치
그늘의 앞마당에 모여드는 새 떼
등 위에 실려오는 애수가
그 숲에 들고 있었다

돋보기

터진 곳을 꿰맨다
올해는 유독 하늘이 터져서
억수로 비가 내렸는데

우리의 육신도 터져
거기 담겨야 할 영혼이
줄줄 새는 건 아닌지

세풍 북풍 병풍의 사건들
테러니 전쟁이니 하는 사건들
터지고 터지는데

바늘을 찾는다

세상은 꿰맨 자리가 많아
온통 실밥 투성인데
아직도 무언가
장맛비처럼 새고 있다

돋보기
―손금

무슨 산이
이리도 많이 솟아 있다냐

개미 한 마리
넘다가 미끄러지고
미끄러지다가 넘는데

산마다
신기루처럼 걸려 있는 저녁놀

시골 전방
유리 상자 속에서는
사탕알들이 지루한 하루를 넘기고

경사스런 일을
한 번도 겪어 보지 못한
뒤안 감나무 한 그루
그냥 초라하게 늙어가고 있는데

산은 왜 이리
높게만 솟아 있다냐

돋보기
―돼지풀

굴러온 돌에
발이 돋았다

이제는 구르지 않고
의젓하게 걷는다

의상을 갖춰 입고
기세 좋게 무리를 이루어

해뜨는 언덕을 향해
발걸음을 옮긴다

세상은
굴러온 돌로 가득하다

들길

저 햇볕 속에 집을 짓기 위해
바람은 땅에 내려서고
풀잎들 외려 바람 되어
공중에 떠다니는
한때

꿈속 빈 방에 고여 있던
하늘 푸르름이 터져 나와
세상을 온통 물들이고 있었다

도회를 벗어나 들녘에 들면
아직은 그래도
그렇게 물들이고 있었다

청자

네 곁에만 서도
벌써 물결은
가슴을 열고 들어온다

천지에 스며드는
푸르른 색깔 위에
하얀 학 한 마리 날려 보내고

동백나무 언덕 너머
스님 한 분 바랑 가득
천년의 추억을 메고 오는데

저 흙 밑에 눌려 있던
목숨들
팔랑팔랑 날갯짓으로
버들가지에 올라앉는다
네 곁에만 서도

그 소년

절집 오래전에 삭아
먼지로 올라가고

허무 한 토막 잘라내어
갈고 있는 소년

허무도 갈고 씻으면
빛이 되는가

부싯돌 섬광으로 튀어오르고
촛불 투명한 불꽃도 밝히면서
허무도 보듬어 살려내면
목숨 붙는가

빈 땅에 엎디어 웅웅웅 울어대는
허무
우둑우둑 걷어다가
목숨 붙여주고 또 붙여주고

얼음에 관한 단상

눈에 대고 보면
유년의 요지경 속처럼
별이 뜬다

무더운 여름밤
별들이 들어가서
만들어 놓은 길

명상의 숲이 우거지고
사랑의 안개가 피어나는 곳
길은 그리로 지나가고

귀여운 산짐승 두어 마리
숲에서 나와 안개 속으로 사라진다

끓는 더위 속에서
한 덩이의 차가움은
분명 아름다운 세계

미풍이 일고
냇물이 흐르고

그 속엔
웃음이 헝클어진
신기한 질서가 있다

공항 부근

92

비행기의 날개에
바람이 잘린다

지나간 시간들이 몰려와
붉은 피를 흘리며 잘려 넘어진다

소음 속에 집을 짓는다
무심한 햇빛을 꺾어다가
둥주리를 틀고

까치 한 마리
소음 속의 삭막한 공간을 헐어
집을 짓고 목숨을 들여놓는다

살고자 하는 것은
기어이 살아
살아서 집을 짓는다

나의 춘향

내 살에 내려
향기로 육신을 적셔 오시는

외로운 살 속에 들어와
불꽃으로 날개를 단 나비가 되어
그 밝음으로 욱신거리는

아픔인 듯 새큼한 간지러움인 듯
들쑤셔 부대끼는 쾌감인 듯
그대 나의 춘향이 되어
내 살 속에 잠든 하늘
어디쯤에 그네를 매달아
구을러 굴러 나르고 있나니

살의 끝에
그리움으로 반짝이며 서 있는
영혼에 이르러
흔들고 있나니

그림

94

화폭에 날개를 그렸다
낡은 기억의 골목을 돌아
소슬한 삶의 언덕에서
바람에 묻어온 냉기를
날개 변두리에 덧붙여 그렸다

붓끝에 흘러가는 피
방랑의 몸짓을 멈추고
날개와 더불어 한 마리 새가 될 때

아, 나의 간은 날아올라
하늘에 붙는 푸른 달이 되었다

밥

참새 한 마리 날은다
만경강 위의
노을 한 입 물고
내 살 속에 서 있는
늙은 감나무 가지로 날은다
감나무 기대선 담장에
허리 굽은 낡은 세월이
걸려 펄럭인다
언뜻 보인다
옻칠의 둥근 소반
그 위로 쏟아진 등잔 불빛에
젊은 홀어머니의
고단한 명상이
투명한 의상을 걸치고 웃고 있다
이런 때 매양 내가 먹는 것은
그 웃음 속
등잔 불빛에 반짝이는
쉰 술지게미 같은 슬픔이었다

가을

96

여치 한 마리 내 방 앞에 오면
그 더듬이 끝에 달빛 걸려 무너져 내리면

소쩍새 한 마리 내 창 앞에 오면
그 목청 물소리에 젖어 흘러내리면

무엇인가 꿈꾸고 있을
반짝이는 목숨 한 토막

맑은 냉기에 씻겨
한 저녁, 한 산 끝에 서서
기쁨의 여울을 바라보고 있을
내 울먹이는 세월 한 토막

해는 그 빛 속에

해는 그 빛 속에
산 하나 들여놓네

달은 그 몸속에
강 하나 흘려 보내며

저들의 기막힌 어울림을 보고
여치는 그 날개 밑에 구름 한 장
개구리는 그 가슴속에 바람 한 점
까마귀는 그 부리 안에 꽃 한 송이……

나도 나에게 안겨 와 어울릴
그 무엇이 있을까
눈을 부벼 뜨고 있네

시인의 밥, 슬픔의 원점

김춘식
(문학평론가 · 동국대 교수)

문효치 시인의 이번 신작 시집 『왕인의 수염』은 '여행' 과 '추억' 이라는 두 가지 테마를 중심으로 구성되어 있다. 그러나 실제로는 '기억', '추억' 의 범주 또한 '여행자' 의 내면과 그다지 다른 것이 아니라는 점에서 이번 시집의 핵심적인 정서는 '여행' 또는 '길 위의 삶' 을 천천히 되새김질하는 행위에서 비롯된 것이다.

집을 떠나서 어딘가로 간다는 것 혹은 정주하지 않고 이동하는 '과정' 속에서 삶을 명상하거나 바라본다는 것은 어쨌든 평범하지 않은 발상과 생각을 가능하게 하는 중요한 동기임에 틀림이 없다. 존재의 귀속적 근거점을 이탈하여 '길 위에 서 있음' 으로서 인간은 비로소 새로운 자아의 확장과 세계 속의 자아가 겪을 숙명을 자각한다는 생각도 이런 사실에 근거를 둔 것이리라. 이처럼 여행은 일상에 대한 이탈이면서 동시에 인간의 근원적 귀의처에 대한 존재론적 물음과 호기심을 자극하는 속성을 지니고 있는 것이다.

문효치 시인의 신작 시집이 '여행'을 매개로 구성되어 있다는 것은 이런 점에서 시사적이고 특징적이다. 역사, 기억, 개인사, 고향 등이 '여행'이라는 행위를 통해 재배치되고 있는데, 결국 시인의 공간적인 이동은 시간을 거슬러 가는 '기억'의 이동으로 변주된다.

시간적인 회귀와 공간적인 장소 이동이 서로 맞물리면서 시적 장소 혹은 공간은 현실(현재)과 기억(과거)이 겹쳐지는 새로운 의미 공간으로 변형된다. 이런 변화는 시인의 내면의식이 빚어낸 '시적 장소'가 지닌 의미를 풀어 나가는 중요한 단서라고 할 수 있다.

다시 말하면 시인이 찾아간 장소는 주로 현재적인 의미보다는 '회고' 혹은 '복고'적인 의미로 표상된다. 이것은 현재를 새로운 체험이나 기억을 생산하는 모험이나 호기심으로 가득 찬 공간이 아니라 '흔적', '사라진 시간', '폐허'로 인식하는 태도로 나타난다.

시인은 어디를 가든지, 여행의 의미 속에서, 그 장소의 현재성보다는 시간의 간극을 뛰어넘는 과거 또는 흔적을 보려고 한다. 회고주의자적인 이런 태도는 시인의 작품이 일상성 바깥에서 '정서적 기원'을 찾고 있음을 쉽사리 짐작하게 한다.

현실 혹은 일상성은 달리 말하면 모더니티, 즉 근대가 구축한 도시적 삶의 패턴이 지배하는 공간이다. 이 점에서 그의 여행은 탈일상이면서 동시에 탈모더니티적 행위로서의 의미를 지닌다. 현재보다는 시간의 저편을 바라보려는 태도, 기억 속의 장소와 공간을 현실 속에 중첩시켜 회고하는 태도 등은 그의 시 속에서 현대적인 일상의 흔적이나 그늘이 깃들 틈을 전혀 제공

하지 않는다.

사라진 것, 사라져 가는 것에 대한 그의 심적 경사는 이 점에서 다분히 개인적인 취향 혹은 세대적인 특질과 연관이 있는 듯하다. 나이 70을 바라보는 시인에게 현재성이란 새롭게 구축될 기억이 아니라 쌓인 과거, 기억을 재음미하는 공간으로서의 의미가 더 큰 것이다. 새로운 것보다는 기억해야 할 것이 더 많은 나이, 그래서 새로움의 감각보다는 묵은 것 속에 담긴 '오래된 새로움'을 탐구하는 나이가 바로 시인이 거처하는 세대적인 현주소이기 때문일 것이다.

이런 점은 '백제시 연작'이나 '남내리 엽서' 연작, 3장의 '그곳, 그 사람'이라는 제목 등을 통해서 잘 나타난다. 4장의 '손톱에 대하여' 5장의 '끈' 시편은 장소, 기억, 여행과는 무관해 보이지만, 기본적인 정서가 '오래된 것의 새로움'을 발견하는 태도에서 온다는 점에서 오히려 이 시집 전체의 주체를 '인생'이라는 '길' 혹은 '여행'으로 오히려 확대하고 있다.

세월이 갈수록
작은 손톱에 눈길이 간다

미당未堂은 가끔
그 위에 달을 띄워 올리기도 했지만

오늘은 복사꽃 그늘에
보릿대 푸르게 솟고

네 편지의 문장들
바람에 실려 오고 있다

습한 나라의 묵은 소식들

날아와 그리는 지도 위에
작은 세상 하나 열리고 있다
―〈손톱에 대하여 1〉 전문

작고 미세한 것에 대한 매혹, 아름다움을 노래한 위와 같은
작품은 시인의 '손톱'에 대한 기억이 '미당'의 '손톱과 달'에
서 유래했다는 것을 밝히고 있다. 손톱과 같이 작은 것이 '달'
을 함축하듯이, 시인은 자신이 평생 해 온 시, 문학이 아주 작은
것들과 통한다는 것을 새삼 되씹고 있는 것이다.

이 점에서 '손톱에 대하여'라는 연작 시편은 사실 손톱에 대
한 것이 아니다. 그저 '손톱'으로 상징될 수 있는 무엇, 아주 작
지만 오랜 잔상으로 시인의 가슴속에 담겨진 소중한 아름다움
에 대한 기억, 이미지가 이들 시의 내적 포에지를 만들고 있는
것이다.

그러므로 손톱은 작고 사소한 체험과 기억으로 구성된 시의
세계, 감각과 체험의 세계에 대한 하나의 상징이다. '손톱' 그
것이 시의 세계로 들어가는 '열쇠'라고 한다면 그 손톱은 미당
과 시인의 유년, 그리고 청년, 현재를 연결하는 '추억'의 시적
현현이기도 하다.

물은 흐르는데
시간은 응고한다

견고한 시간의 몸체에
햇빛이 부딪칠 때마다
금빛 불꽃이 튄다

함성의 정령들이
치마를 날리며 내려앉는다

소금 같은 바람이
나른한 오후의 한구석을
염장한다
나라의 들판에서
　―〈백제시―쿠다라카와(百濟川)〉 전문

　시인의 과거에 대한 회상이 '손톱' 과 같은 특정한 매개를 통해 이루어지듯이, 문효치 시인의 여행 시편은 일본에 존재하는 백제의 유적에 대해서도 '노스텔지어' 적인 정서로 그 분위기를 흡수하는 태도를 보여준다. 즉, 손톱이 매개이듯이, 백제, 일본 여행, 역사는 '과거 회귀' 혹은 '시간의 무상성' 에 대한 감각을 불러일으키는 정서적 매개라고 할 수 있다.

　'물은 흐르는데/시간은 응고한다' 라는 표현에서 보듯이, 시인의 시선은 '흐르는 물' 이 아니라 그 물 위에 응고된 시간의 흔적, 즉 '백제' 라는 먼 과거의 이름을 향해 있다. 시인의 노스텔지어적인 정서는 '지금, 여기 없다' 라는 부재와 '언젠가, 있었다' 라는 흔적 사이에 존재하는 긴장감이다. '사라졌다' 라는 '무상함' 과 '있었다' 라는 존재감, 그 기억 사이의 균열 지점에서 시간을 무화시키고 '영원성' 과 조우하는 시적 감각이 발생한다. 다시 말하면, '백제천―쿠다라카와' 라는 이름이나 '손톱' 의 역할은 부재하는 어떤 것, '달, 백제' 등에 대한 흔적과 매개로서의 기능을 하는 것에 있고, 이런 매개성은 시인이 저 먼 과거의 시간을 끌어와 '현재' 의 시적 정서로 만드는 근거가 된다.

　이 점에서 시인의 여행, 기억은 단순한 이동, 회상이 아니라 과거의 현재화, 다시 말하면 시간성의 무화를 통한 '시적 소통' 의 형태를 보여준다. 지나간 시인의 삶은 이미 사라진 것들이다. 사라진 것에 대한 노스텔지어는 이렇듯 부재하는 것의 '흔적'과 '회감回感'의 양식을 통해 시적인 것으로 재구성된다.

　시인의 기억이나 추억이 새로운 체험보다는 더 많은 '흔적', 즉 부재에의 감각을 부여해 준다는 점에서 시인의 시선은 이번 시집의 경우 '회고'와 노스텔지어에 더 밀착되고 있는 듯하다.

　　구름의 모양이
　　바뀔 때마다
　　산은 몸을 틀었다

　　산사나무 층층나무 아그배나무 등속
　　뿌리를 내린 것들도
　　함께 몸을 흔들었다

　　나무에 붙은
　　자벌레 송충이 비단거미들도
　　모두 놀라 일어나 어정거리고 있었다
　　생명은 구름과 산과 나무와 벌레들에게
　　모두 한 줄로 연결되어

　　그 끈을 쥔 자의 손놀림에
　　매달린 구슬이 되어
　　짜르르 짜르르 울고 있었다

　　계곡의 물이나 돌멩이들도
　　함께 매달려 울고 웃었다
　　　―〈끈〉 전문

　모든 사물, 세상이 하나의 끈으로 연결되어 있다는 생각은 '세상' 전체를 하나의 유기물 혹은 생명으로 본다는 점에서 시사적이다. '생명'이라는 하나의 끈으로 연결되어 활력이 넘치는 세계에서 시적인 만화경을 볼 수 있는데, 여기서 우리는 ‘기억’의 문제에서 ‘생명’의 문제로 확산되는 시인의 의식을 확인할 수 있지는 않을까.

다시 말하면, 과거와 현재의 간극을 넘어서 시간의 ‘무상함’, ‘있음/없음’ 사이의 소통을 정서적인 차원으로 내면화하는 시인의 태도를 통해서, ‘기억’의 문제가 단순한 ‘사실’이 아니라 ‘현실’에 대한 실감 혹은 ‘삶’의 의미에 대한 의문과 직결됨을 유추할 수 있다. 결국, 시인의 삶에 대한 단상, 기억은 ‘생의 의미’에 대한 욕구이며 ‘충만한 의미’에 대한 지향으로 보인다. 이런 충만한 의미에 대한 지향이 상승하는 지점, 그것이 바로 ‘생명의 끈’, 모든 세계의 하나됨에 대한 상상이다.

시인의 이런 확산된 의식은 다소 비약적이라는 점에서 작고 세밀한 것이나 과거의 흔적에 대한 정서적 지향성과 일정한 간격을 지닌 것이기도 하다. 즉, 자아의 회상성이 돌연 ‘생명에의 충일감’으로 표현된 셈인데, 이 둘 사이의 연관점이 ‘충만한 삶’에 대한 지향으로 서로 만나기는 하지만, 시적 이미지나 상징의 차원에서 보면 다소 이질적인 측면이 없지 않다.

어선의 그물에는
먼 바다에 살고 있는
물새의 손수건 한 장 끌려온다

물새는 물새 대로 슬픈 일 많아
때로는 진한 눈물도 흘리는데
그 눈물로 젖은 손수건 한 장 끌려온다

어둠은 얼룩으로 남아 있는
햇빛들을 하나씩 자빠뜨리며

배를 밀어 부두로 보내고

어둠에 섞여버린 배는
먼 바다에 살고 있는
물새의 울음소리
갑판에 출렁출렁 싣고 온다
―〈군산 부르기―째보 선장〉전문

생명에의 의지, 지향과 과거에 대한 노스텔지어적 정서 사이의 불균형 혹은 이질성은 시인이, 지금, 과거의 기억으로부터 무엇을 건져 올리고 있는가 하는 사실과 관련된다. 여행, 기억이 작고 사소한 것의 아름다움 혹은 부재하는 것들의 무상성, 흔적과 교감하는 것 등에만 집중된 것이 아니라 시인의 사적인 기억과도 밀접한 상관성을 지닌다는 점을 여기서 다시 생각할 필요가 있다. 고향 또는 젊은 시절의 정서에 대한 '재호명'은, 시인이 불러내고 싶은 '무엇', 기억하고 싶은 '무엇'이 바로 어떤 것이냐 하는 것과 연관된다. 흔적, 기억 속에서 애써 찾으려는 것은 그것이 무엇이든 '지금 여기'의 '결핍'을 보상할 수 있는 대상으로서, 단순한 소통, 교감을 넘어서 시인이 의식적 지향점과 직결된다.

인용한 〈군산 부르기〉는 과거적인 회상이지만 여전히 현재화된 어떤 정서를 담고 있다. '어둠에 섞여버린 배는/먼 바다에 살고 있는/물새의 울음소리/갑판에 출렁출렁 싣고 온다'라는 구절에서 보듯이, 어둠을 뚫고 먼 바다로 나간 배가 싣고 오는 것은 '물새의 울음소리', '출렁출렁'한 배의 역동적 움직임 등이다. 어둠은 부정적인 것이지만 최후의 결말은 '역동적 삶'의 가치로 환원된다.

이 시의 '희망, 생명성'은 기억이면서 동시에 하나의 '미적 가치'로 시인에게 포착된다. 삶의 가치, 미적 가치의 한 패턴을 이런 식으로 보여주듯이 그의 다른 작품에도 사적인 기억은 삶에 대한 어떤 가치에 닿아 있다.

> 우리 집을 내려다보고 있었습니다
> 거기엔 증조할아버지 내외분이 계셔서
> 우리는 늘 거기에 기대어 있었습니다
> 아침마다 위엄어린 기침소리로
> 우리의 혼몽한 나태를 질타하시고
> 밤이면 그림자 길게 늘여
> 추위를 덮어주었습니다
> 지도에도 없는 이름 없는 산이지만
> 볼 때마다
> 높아지는 산이었습니다
> ―〈남내리 엽서―대봉산 ②〉 전문

가계와 선산에 대한 시인의 의식은 '볼 때마다/높아지는 산'이라는 표현이나 '우리는 늘 거기에 기대어 있었습니다'라는 표현을 통해 알 수 있듯이, 존경과 위엄의 관계이다. 시인의 기억 속에 가계가 시인이 기댈 수 있는 심정적 안식처인 것처럼, 시인에게 삶은 조상의 위엄으로부터 어떤 가치를 물려받은 삶, 즉 '세속적인 원리'와는 무관한 '높아지는 산'의 위엄을 간직한 것이다. 근대의 세속적인 원리에 비추어 보면, 이것은 마법의 세계에 속한다. 삶의 원리를 구체적 현실보다는 '기억'에서 찾는 시인의 태도는 이 점에서 세대적인 것이면서 동시에 '사라진 가치'에 대한 향수를 담고 있다.

'고무신 코끝에서/뻐꾸기 울음소리 흘러내린다//묵은 흑백사진의/절간 옆/긴 바지랑대처럼 걸려 있는/기억 하나/귀신 한 마리 기어오른다//무서움으로/기억의 한쪽이 서늘해지고//열 두 발 상모는/세상을 휘감아 돈다’ (〈농악 2〉 전문)이라는 시 구절에서 보듯이, 시인의 기억은 ‘사적인 것’일 경우 구체적이기보다는 시인의 ‘느낌’만 드러나 있어서 그 전모가 파악되지 않는다. 그러나 ‘묵은 흑백사진’처럼 사라져 버린 장면의 한 축에는 ‘삶에 대한 신비’, 혹은 ‘호기심, 두려움’이 뒤섞인 유년의 감정에 대한 ‘신비감’이 깃들어 있다. 시인에게 기억은 ‘신비감’, ‘사라진 가치’에 대한 동경 등이 담긴 것으로 ‘안다’라는 사실이 아니라 ‘여전히 느낀다’라는 감각의 문제가 더 중요한 것이다. 이런 ‘느낀다’라는 감각이 시인의 자의식과 연관되어 있는 것은 물론이다. 인용한 작품처럼 시인의 창조적 자의식이 구체적인 ‘자아’에 대한 표현으로 드러난 경우, 이런 ‘미완성’인 ‘느낌’에 대한 감각은 하나의 가치로 전환된다.

여치 한 마리 내 방 앞에 오면
그 더듬이 끝에 달빛 걸려 무너져 내리면

소쩍새 한 마리 내 창 앞에 오면
그 목청 물소리에 젖어 흘러내리면

무엇인가 꿈꾸고 있을
반짝이는 목숨 한 토막

맑은 냉기에 씻겨
한 저녁, 한 산 끝에 서서
기쁨의 여울을 바라보고 있을
내 울먹이는 세월 한 토막
　─〈가을〉 전문

이 작품은 '여치', '소쩍새' 등이 등장하고 있지만 사실은 '시인' 이라는 존재에 대한 '자화상' 을 담고 있는 작품이다. 이 시의 '내 울먹이는 세월 한 토막' , 그것은 무엇인가. '무엇인가 꿈꾸고 있을/반짝이는 목숨 한 토막' 이며, '여치' 이기도 하고 '소쩍새' 이기도 하다. 결국 시인이 호명하는 '기억', '과거' 란, 구체적인 사건이 아니라 바로 '시적인 것' 또는 '시인으로서의 염원' 혹은 '꿈' 이 아닌가.

시인이 여행, 기억 속에서 지속적으로 응시하고 있는 것은 이 점에서 여전히 미완인 '시인으로서의 삶' 에 대한 추구, 집착이 나 미련 같은 것이다. 이런 시인의 내면은 〈들길〉이라는 작품 에도 잘 나타나 있다.

저 햇볕 속에 집을 짓기 위해
바람은 땅에 내려서고
풀잎들 외려 바람 되어
공중에 떠다니는
한때

꿈속 빈 방에 고여 있던
하늘 푸르름이 터져 나와
세상을 온통 물들이고 있었다

도회를 벗어나 들녘에 들면
아직은 그래도
그렇게 물들이고 있었다
　　　　　─〈들길〉 전문

'도회' 를 벗어난 곳, 그곳에서 '들녘' 을 물들이고 있는 것은

‘꿈’, ‘하늘’ 이다. 시인으로서의 삶에 대한 ‘동경’ 그리고 현실에 부재하는 ‘시적 가치’ 라는 심리적 균열 속에서 시인이 서 있는 곳은 ‘먼 곳 바라보기’, 다시 말하면 도시가 아닌 들녘, 이곳이 아닌 과거, 그리고 집을 떠난 여행지의 명상이다. 이 점에서 시인이 ‘현재’ 를 바라보는 관점은 시적인 것이 ‘부재’ 로 인식되며 이런 부재에 대한 인식은 ‘이곳이 아닌 다른 곳에 현존’ 하는 시적인 것에 대한 상상으로 확장된다.

다시 처음으로 돌아가서, 여행, 과거, 기억은 이미 부재하는 세계이다. 시인이 시적으로 교감하는 이런 부재의 세계는 그러나 역으로 시적인 가치가 살아 있는 마법의 세계이기도 하다. ‘지금, 여기’ 에 부재하지만 ‘지금, 여기’ 의 결핍을 보상할 수 있는 것, 그것이 기억이고 과거이고 ‘탈일상적 이동’ 이다. 이번 시집에서 시인의 의식은 이 점에서 정주형停住形이 아니라 이곳의 부재를 보상하기 위한 ‘탐색’ 으로 이루어져 있는 듯하다.

시적인 소재의 빈곤을 느끼면서 결핍된 것에 대한 응시로 뻗어 있는 시인의 촉수는 그래서 다양한 이미지를 산출하지는 못하고 어느 정도는 동어반복적인 ‘회상’ 에 집착하는 모습을 보여준다.

‘이런 때 매양 내가 먹는 것은/그 웃음 속/등잔 불빛에 반짝이는/쉰 술지게미 같은 슬픔이었다’ (〈밥〉 중에서)는 구절처럼, 어머니의 웃음 속에서 본 ‘슬픔’ 이 시인의 정서를 지배하는 ‘술지게미’ 같은 것이라면, 그것은 시인이 평생 먹어야 할 ‘밥’ 인 것이다. 쉽게 벗어날 수 없는 정서적인 기억의 원점에 존재하는 것, 그것을 ‘시적인 것’ 으로 만들고자 하는 것은 모든 시인의 ‘바람’ 일 것이다.

어쩌면 그것은 시인에게는 숙명과 같은 것이어서 ‘원점’ 그

바닥에 끝을 알 수 없게 가로놓인 심연의 정서, 그 '슬픔' 이야
말로 시인의 '밥', '운명' 인 것이다.

> 길은 무덤 한 덩이를 옮겨놓기 위해
> 산 속을 비집고 들어갔다
> 등 위에 불을 켜고
> 어두운 산의 살 속을 밝혀가며
> 죽음 속에서 눈을 뜨는
> 새로운 생명의 안광을
> 점화하기 위해
> 몸을 뒤틀며 가고 있었다
> ─〈길에 대한 명상─무덤〉 전문

원점을 바라본 자의 숙명은 이 점에서 '생의 결론' 을 이미 알
고 있다는 것으로 확산된다. 원점에 놓인 것, 그것이 언젠가 가
닿을 곳은 '죽음' 즉, 무덤이다. 모든 것들이 도착하는 곳, 인생
의 길이 도달할 최종적인 종착점, '죽음 속에서 눈을 뜨는/새로
운 생명의 안광을/점화하기 위해/몸을 뒤틀며' 가는 것이 길 위
의 생이라는 생각은, '최초의 슬픔' 과 '죽음' 이 둘 사이에 서
있는 자로 시인을 규정한다.

문효치 시인이 이번 시집에서 보여준 시적 이미지는 이 점에
서 '알레고리적인 것' 에 가깝다. 구체성보다는 '비유적 의미'
에 집중된 시적인 묘사는 '현재적인 것' 에서 소재를 구하지 못
한다는 '정서적 괴리감', 그리고 '과거적인 것' 에 대한 애착 때
문에 비롯된 것으로 보인다.

'과거적인 것' 에서 현재의 가능성이나 가치를 보려는 시인의
태도는 이 점에서 완결형은 아닌 듯하다. 다만, 과거의 기억이

'상징적'이라면, 현재의 삶은 지극히 구체적이고 '세속적인 것'이라는 점에서 이 두 '간극'에 대해 시인이 어떤 의식적 대응과 시적인 접점을 마련할 것인가 하는 점은 여전히 남겨진 궁금증이다. 그리고 '시인의 밥', 그것이 저 먼 기억 속에 있다는 자의식은 이번 시집의 전체적 성격을 이해하는 중요한 열쇠라고 여겨진다. 실제로 다음과 같은 여행시편에서도 '저 먼 기억'의 상승으로 구성된 '영원성'과 '순간적 존재의 합일'은 중요한 테마로 등장한다.

법륭사 금당에 들어
부처님과 눈이 마주치는 순간
나는 그만 허공에 뜨고 말았네
체중은 모두 연기가 되어 사라지고
비어 있는 그림자가 되어

그냥 편안했네
오색의 색깔들이 그 편안함 안으로
들어와 채우고

60년 전 유년의 배추밭에서
잠자리나 나비의 날개에 내려앉던
늦가을 햇빛의 반짝임이
비어 있는 그림자 속을 밝혔네

지리불사의 부처님이
이렇게 띄워 올렸네
―〈백제시―止利佛師〉 전문

인용한 작품은 여행시편 중 하나이다. 이 작품에서 시인이 응시한 영원성과 시적 합일의 순간은 과거의 기억, 그리고 눈앞에 현현한 '부처의 눈' 사이의 동일성 혹은 동시성에서 비롯된다. 60년 전의 '늦가을 햇빛'과 '부처의 눈', 이 둘은 기억이라는 매개를 통해 시인의 내면 속에서 동시적으로 공존한다. 이런 공존의 자각은 시인의 자아, 육신을 '무화'시키는 감각을 부여하는데, 이런 체험은 이 시의 '여행'이 단순한 이동이 아니라 '현실'에 대한 탐색의 일환임을 알게 한다.

역사, 여행, 기억이 앞으로 살아가야 할 시간이나 그 시간 속의 체험보다 더 많다는 시인의 잠재적인 무의식이 드러난 것일까. 시인은 현실의 복잡성을 가로질러, 곧바로 유년 혹은 저 기억의 심연으로 이렇게 시적인 촉수를 드리우고 있는 것이다.